漫畫三國 下

羅貫中　原著
趙鵬工作室　編繪

新雅文化事業有限公司
www.sunya.com.hk

劉備

字玄德，漢朝中山靖王的後代，三國時期蜀國（又稱蜀漢）的開國君主。有一雙大耳朵。年幼時與母親賣草鞋、織草蓆為生。東漢末年與張飛、關羽結為異姓兄弟，組織義軍討伐黃巾軍，逐漸建立自己的勢力。待人寬厚，深得將領和百姓信任。

關羽

字雲長，漢末三國時期的著名將領，與劉備、張飛結為異姓兄弟，助劉備打天下。性格剛直，忠義仁勇，武藝高強。

張飛

字益德，漢末三國時期的著名將領，與劉備、關羽結為異姓兄弟，助劉備打天下。性格急躁、粗豪。

曹操

字孟德，小字阿瞞。東漢末年參與討伐黃巾軍，後來當上丞相，有魏王的封號。挾天子以令諸侯，建立自己的勢力，與劉備、孫權三分天下。為人聰明有計謀，文武兼善。他去世後，兒子曹丕正式建立魏國（又稱曹魏）。

諸葛亮

字孔明，有「卧龍先生」的稱號，是劉備的得力助手，為人機智、有計謀，料事如神。劉備三顧草廬才請到他出山相助，日後建立了蜀漢政權，由諸葛亮出任蜀國丞相。

徐庶

當時有名的奇才。曾經在劉備的陣營當謀士，後來被迫歸附曹操陣營，臨行前向劉備推薦諸葛亮。

趙雲

字子龍，劉備陣營的著名將領，英勇善戰，忠心護主。曾在戰場上以一人之力殺出重圍，救出劉備的兒子阿斗。

馬謖

蜀漢陣營的將領，喜歡談論軍事策略，得到諸葛亮信任。

孫權

字仲謀，三國時期吳國（又稱孫吳、東吳）的開國君主。父親孫堅和哥哥孫策在東漢末年已在江東一帶逐漸建立勢力。到孫權的時候，與劉備結盟，在著名戰役「赤壁之戰」中合力打敗曹操，日後形成三分天下的局面。

張昭

東吳陣營的重要大臣，博學多才，輔佐孫策在江東建立勢力。孫策去世時，將弟弟孫權託付給他。

魯肅

字子敬，東吳陣營著名的將領，為孫權出謀獻策。與周瑜相識已久。

黃蓋

東吳陣營的將軍，甚有威嚴。是「赤壁之戰」中的重要人物。

周瑜

字公瑾，聰明能幹，歷史上的美男子。東漢末年的名將，東吳陣營的主要將領。在孫權和劉備聯盟的時候，常與諸葛亮鬥智鬥力。

龐統

字士元，有「鳳雛」之稱，與徐庶是老朋友。起初在周瑜旗下做事，後來轉投曹操陣營。

蔣幹

曹操陣營的謀士，能言善辯。與周瑜自小一起讀書，相識已久，曾主動提出要去東吳勸周瑜轉投曹營，反被周瑜施計利用。

孟獲

三國時期蜀國南部的蠻王、部落首領，起初常常帶兵攻打蜀國邊境，後來歸順蜀國。

曹叡

魏明帝，字元仲，曹操的孫子，三國時期魏國的第二位皇帝，由司馬懿、曹真等大臣輔佐。

司馬懿

三國時期魏國的重臣，自曹操時期開始為曹營效力，多次阻擋蜀漢、東吳的進攻。晚年逐漸把持朝政大權。

目錄

1
三請諸葛亮

曹操聽說劉備手下有個奇才叫徐庶，就想強迫他離開劉備，投靠自己。

把徐庶的母親接到我這裏來，還怕他不來？

丞相這招好厲害啊！
不錯，妙計！
新野，劉備家裏。

唉，老母親被曹操囚禁起來，我真是喝不下這酒啊！
徐庶

我們情同兄弟，看着你這麼難受，我也喝不下去呀！
百善孝為先，先生還是回到母親身邊吧！
嗚，徐庶有負將軍一片盛情啊！

1 三請諸葛亮

先生這一走，
不知道什麼時
候能再見啊！

嗚嗚，
先生啊！
嗒
嗒

不料徐庶又轉頭回來找劉備。
差點兒忘了告訴你，我
們這兒有一位高人，住
在隆中，你可以請
他出山相助！

真的呀？
他叫什麼
名字？
他叫諸葛亮，
自號卧龍先
生！他可是
位絕世奇才
啊！

第二天，劉備、關羽和張飛帶着禮物去隆中尋訪諸葛亮。

這歌謠很好聽啊！
這位兄弟，請問這歌謠是誰寫的？

是那卧龍崗上的卧龍先生寫的。
哦？
多謝！

二弟、三弟，快去卧龍崗！

劉備一行來到臥龍崗，看到一處小院。

砰
砰

咔
請問你找誰？

漢左將軍宜城亭侯領豫州牧皇叔劉備來訪。
什麼？

啊……太長了，記不住啊！
哦，那就說劉備來訪就好。

先生外出雲遊去了，要十天半個月才回。

啊？真不巧啊！
大哥不要唉聲歎氣的！

既然不在，就先回去吧，以後再來就是。

回去的路上，劉備遇到了一位儀表非凡的人。

先生可是卧龍先生？

你認錯了，我只是卧龍的朋友崔州平。
我閒散慣了，你還是找卧龍吧！
劉備看出崔州平也不一般，想請他出山輔佐。

連卧龍的朋友都非比常人啊！

劉備回家後，四處打聽諸葛亮的消息。

一個月後。
稟主公！諸葛亮已經回來了！

太好了，快備馬，我要去拜訪先生！
一個鄉下人，不用哥哥親自去，找個人去把他叫來就行了！

求見賢人，哪能這樣魯莽？我親自去還擔心人家不出山呢！
你的話大哥是聽不進的，一起去吧！

呼
呼
呼
這天氣冷
死人了，
還要去找
那卧龍！

這樣才能顯出
誠意啊！

呼
呼
呼
砰
先生就
在堂上
讀書。

我這就給你去
請先生！
太好了！
謝謝！

劉備來到中堂，看到一個少年正在讀書。

劉備不忍心打斷他，一直等到他讀完書。
敢問先生可是臥龍？

你弄錯了，那是我二哥，我是他的弟弟諸葛均。

哦……
不知道臥龍先生什麼時候回來？
呀，很難説……

風大雪大的，既然不在，就先回去吧！

都到了這裏，見不到臥龍先生，也該留個話。
劉備寫了封信，說自己渴慕高賢，希望諸葛亮能出山相助。

老先生來了！

老先生可是臥龍？

哈哈！我是他的岳父，也是來找他的。怎麼，他不在？

劉備很難過，告別了他們，冒雪回去了。
轉眼，春天來了。

這天，劉備沐浴更衣又打算去拜訪諸葛亮。
哥哥你去了兩次他都不見，怕是只有虛名，不敢見你吧！

讓我去把他綁過來！
春秋時期，齊桓公求見東郭野人，五次才得見一面，我這算什麼！

你們不想去，我自己去！

唉，你又把大哥惹惱了。

大哥，等等，我和你一起去！

卧龍崗。
將軍又來了？我哥哥昨天剛回來，現在就在家裏。

真是太好了！
又是你呀？我家先生正在午休，我去叫他。

別，讓先生休息，我等等就是。

劉備就站在台階下靜靜等待。
過了很久……

呀！這個山野村夫好無禮！讓我一把火燒了這草屋，看他醒不醒！

三爺我說到做到！
三弟，不要亂來！大哥會生氣的。

二哥，不要攔我！
唉，看在大哥份上，放過你了！
又過了一個時辰。

啊！睡得好香！

大夢誰先覺，
平生我自知，
草堂春睡足，
窗外日遲遲。

小新，今天有客人來嗎？
劉備將軍等先生好久了。

為什麼不早點兒告訴我呢？等我換過衣服！
諸葛孔明讓將軍久候多時了，實在是抱歉啊！

劉備拜見先生！
我一個鄉下人，天生懶散，將軍多次來訪，實在過意不去呀！

我看了將軍的信，知道你的抱負。只恨我年輕才短幫不上你。

先生的名聲我早已如雷貫耳，還請先生賜教啊！

將軍言重了！我只是個村夫，怎敢談治國安邦的事情？

先生！

先生，劉備不才……

請先生看在天下蒼生的面子上，開導開導我吧！

將軍請起……我聽聽你的抱負。

諸葛亮縱談天下，把幾十年來的混亂局面說得清清楚楚。

將軍請
看這張
地圖。

這是西川五十四
州的地形圖。現
在曹操佔天時，
孫權得了地利。
將軍要想成就霸
業，必須愛護百
姓，取得人和。

曹
劉
孫
將軍可取荊
州為家，再
取西川建立
基業，與曹
操、孫權形
成三足鼎立
之勢。

先生神人啊！
請先生出山助
我成就大業！
我已過慣
了田園生
活，不想
出山了。

劉備顛沛流離了
十幾年，終於遇
到先生這樣的奇
才，可是……

依然得不到先
生相助。先生
不肯出山，老
百姓就難過上
太平的日子
了……
十三對

唉，既然
將軍如此
誠懇……
那……好吧！
我隨將軍
出山。
太好了！
天下百姓
有救了！

第二天，四人
一起離開卧龍崗。

回到新野後，
劉備對諸葛亮像對
師長一樣尊重。

他們吃在一
起，喝在一起，天
天談論國家大事。

看他年紀輕輕，只
會高談闊論，有什
麼真才實學？
你們哪裏明白，
我遇到先生，就
像魚兒遇到水一
樣，很合得來。

沒多久，曹操的大將夏侯惇帶領十萬大軍殺向新野。
夏侯

現在曹操的大軍殺到了，叫那個誰去打仗吧！
三弟！大敵當前，我們應該同心協力！

哼！
先生，曹操的十萬大軍殺到了，怎麼辦啊？

主公不要害怕，我自有辦法。
只是……
只是怎樣？先生請講。

關、張兩位將軍對我不服，我指揮不了啊！
這個我有辦法。

劉備召集眾將領，將劍印交給諸葛亮，拜他為軍師。

以後全軍都要聽軍師號令，否則，軍法論處！

哼，有大哥給他撐腰，以後他就更加囂張啦！

諸葛亮安排全軍作戰。
蜀

趙雲領兵殺出，故意敗退下來。
趙雲
夏侯

都把諸葛亮吹得像個神人，原來不會用兵啊！

啊！快抓住劉備立大功啊！
大家上啊！
抓住劉備！

天漸漸黑了。
咦？劉備
怎麼不見
了？
跑得倒
是挺快
的。

嗯……我
怎麼有種
不好的預
感？
嗖
嗖
嗖

呼
呼
快退軍！

你家三爺
在此！
有我趙子龍，
還想逃！

關雲長
等候多
時了！

這一仗，曹軍大敗，死傷無數。

先生真
是神人
啊！

從此，關羽、張飛二人對諸葛亮心悅誠服。
劉

2 趙雲救阿斗

劉
當陽縣
為躲避曹軍追殺，劉備帶着人馬逃到當陽縣。
嗒
嗒

天色已晚，大家紮營過夜吧！

劉備，哪裏逃！
曹

大哥別慌，我來了！
大哥隨我往東邊跑！

天亮了，劉備總算可以下馬休息一下。
嗚嗚！追隨我的這麼多將士都戰死了，叫人怎麼不心痛啊！

不好了，趙子龍往西投靠曹操去了！

子龍是我的老朋友，怎麼會背叛我呢？
他看我們沒有希望了，投靠曹操求富貴啦！

不可能！子龍往西去一定有他的原因！

原來趙雲在
大戰中奉命保護
劉備的家人。

嚓
趙雲一直與曹軍奮力拚殺。

嚓
嚓

哎呀！兩位
夫人和小主
公不見了！

主公把這麼重的任務交了給我……
我一定要找回兩位夫人和小主公！
嗒

甘夫人！糜夫人！你們在哪裏？

快跑啊！曹兵就要殺過來了！
是啊，不然就沒命啦！
這位鄉親，可見過劉皇叔的夫人？

子龍將軍，我在這兒！
哎呀！甘夫人！

淳于導
賊兵，往
哪裏逃！
曹

嚓
趙雲一馬當先，殺出一條血路，把甘夫人送到長坂橋。

子龍，你不是投靠曹操了嗎？

三將軍，我在尋找夫人和小主公，落在後面而已。
要不是有人通知我了，差點兒要跟你打起來。

先不跟你說了，我還要去找糜夫人和小主公！

這小子，比我還瘋啊！
夏侯恩

嚓
擋我者死！
嚓

嚓
哈！是曹操的寶劍！
趙雲順手奪過夏侯恩背上的寶劍。劍上刻着「青釭」二字。

見到過
糜夫人
嗎？
夫人抱着孩子，左腿受傷了，在那邊的破牆下躲着。

夫人，子龍來了！
嗚、嗚、嗚！

啊，太好了！見到將軍，阿斗就有救了！
都是我的錯，讓夫人受難了。夫人快上馬，我保護你們殺出去。

將軍沒有戰馬怎麼打仗啊？何況這孩子還要靠將軍保護呢！
殺啊！

夫人快
上馬！
將軍，阿斗
拜託你了！
嗚啊！

夫人！夫人
是不想連累
我啊！

小主公，
我帶你殺
出去！

咔
咔

晏明
賊將！哪裏走！

不想死的給我閃開！
嗒嗒

嚓
呀！我來會會你！

啊！

哎呀！晏將軍一下就玩完了！
快跑啊！

張部在此，你休想走！

鐺

鐺

鐺

你也不
賴！
鐺
好槍法！

但是想擋我
趙子龍的去
路，再回去
練幾年吧！

他的槍法太厲害了！
你家將軍先走了！

啊！
轟！

哈！哈！這下你可玩完了！

呼
啪
啪
啪
啪
啪
啪

白龍！
起！
轟

真是神人啊！
好一員虎將啊！

嗒
嗒

殺啊！不要叫他跑了！
哼，不怕死的來吧！

我們四大將軍前後夾擊！你還能逃出我們的手掌心？

鏜
鏜
鏜
鏜

嗖

呼

鐺
將士們！
大家一起
上啊！

轟！
殺呀！
殺呀！

攔我留
敢！不
誰我！絕
情！

轟！

不好了！
這人太厲
害了！

嚓

下馬！
砰

還不落馬！
嚓

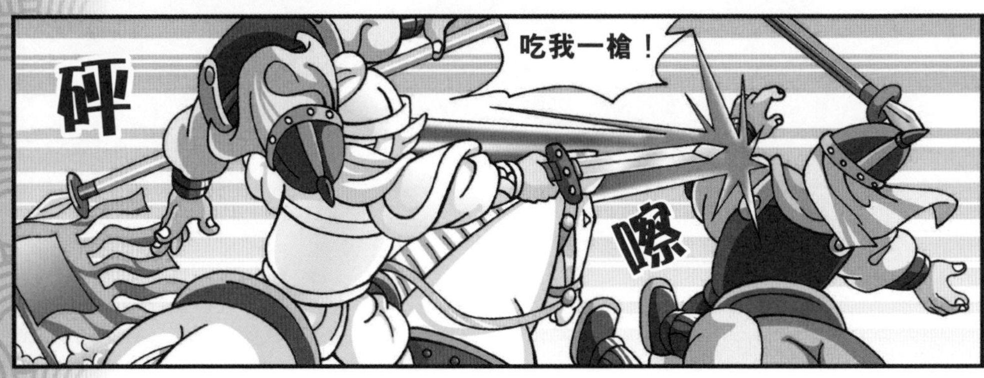
吃我一槍！
砰
嚓

轟！

哦，這個戰將是誰？好厲害啊！
曹洪！下山去問問！
遵命！

駕！
嗒
嗒嗒
來將報上名來！

我是常山趙子龍！

回稟丞相，他
叫趙子龍。

傳令下去，
不可放箭傷
他。我要抓
活的。
不可放箭傷
害趙子龍，
丞相要抓活
的！
嗒
嗒

什麼？抓
活的，這
也太難了
吧！

啪！
你也給我
下去吧！

呵！鍾縉、鍾紳在此！

是你們來找死的，怨不得我呀！

咔！
嚓

不行了，還是快跑吧！
轟！

小主公，我們就要衝出去了！

這一戰，趙雲殺死曹軍名將五十多位，士兵無數。

唉，可惜啊！真是可惜啊！
這樣的人才怎麼就跟了劉備啊！

趙雲殺出了重圍，戰袍上全是血跡。

趙雲終於趕到長坂橋，人和馬都已經很累了。
長坂橋

翼德救我！
子龍快過橋，我來對付追兵！

嗯，百萬雄兵，卻連一個戰將都抓不住……
全軍給我追！

嗒
嗒
嗒

曹兵只見張飛一個人守着，懷疑有詐，不敢向前。

怎麼就一個人？是不是後面有伏兵啊？

哎呀呀
呀！
我乃燕人
張翼德，
誰敢和我
打！

啊！好大的嗓門！

轟！
戰又不戰，
退又不退，
什麼意思？

曹軍嚇得紛紛奔逃。

主公，子龍終於見到你了！
筋疲力盡的趙雲終於見到劉備，眼淚奪眶而出。

子龍，我的好兄弟啊，真是苦了你啦！

糜夫人身受重傷，不肯連累我，投井自盡了……
唉，都是我害了她。

咦？剛才小主公還在懷中啼哭，怎麼沒動靜了？多半……

太好了！小主公沒事，主公快看！

哇哇！
砰！

為這小子，險些害死我一員大將！
謝主公！趙子龍肝腦塗地，也難報主公知遇之恩啊！

這一戰後，趙雲名揚四海。

3 舌戰吳羣儒

曹操佔領了荊襄九郡。
州荊
曹

劉備逃到江夏，要是他和江東的孫權聯手就不好對付了。
丞相可派人到江東下書，請孫權一起消滅劉備。

好！馬上寫檄文，差人給孫權送去！

曹軍信使帶信前往江東。
孫

隨後，曹操起兵八十三萬，號稱百萬雄師，沿長江水陸並進。
曹

東吴。
天啊！曹操有一百萬的軍隊啊！
我看還是議和算了，這樣才能保住江東啊！
張昭

哼，吵死了！
孫權
主公，荊州和江東連着，若是能到我們手裏，日後大有作為啊！
嗯，不錯！
魯肅

劉表剛死，劉備又新敗。我願前往江夏説服劉備和我們聯合抗曹！
好！子敬，靠你了！

劉備、諸葛亮等人正在商量怎麼聯合孫權抵抗曹操。

東吳魯肅前來吊孝！
哦？當年孫策死的時候，你們可曾去吊喪？
江東和我們可是有殺父之仇的，怎麼可能去吊喪啊！

看來魯肅是來刺探軍情的！

他要是問起曹操什麼，主公只說不知道，我來對付他。
明白！一切聽軍師安排。

劉備接待了魯肅。

皇叔既與曹操交過手，
一定知道曹操的實力。

啊！這個這個嘛……
曹操的實力我是清楚的，只是我們的力量現在不夠，只能躲着他。

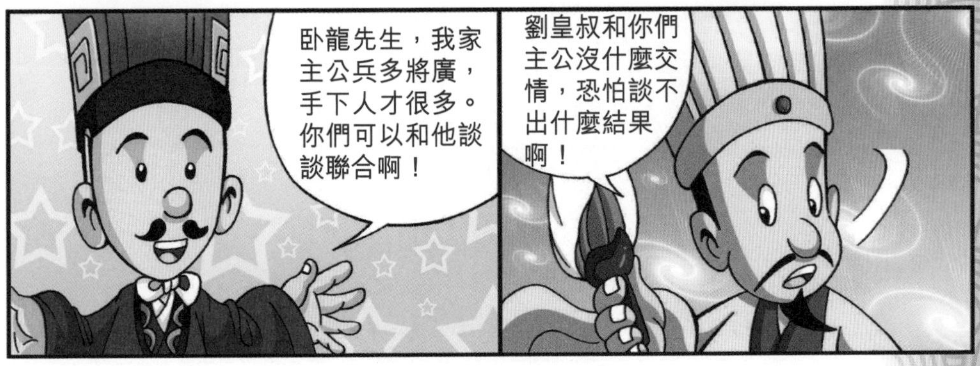
卧龍先生，我家主公兵多將廣，手下人才很多。你們可以和他談談聯合啊！
劉皇叔和你們主公沒什麼交情，恐怕談不出什麼結果啊！

先生的兄長諸葛瑾就在我家主公那兒當參謀，天天盼望見你，我可以把你引薦給我家主公。
不行不行，我一天都離不開軍師。

唉，好吧！
魯肅再三邀請，劉備萬般無奈下答應了。
諸葛亮隨魯肅過江，來到了江東的柴桑。

孫
孫

先生千萬不要把曹操兵多將廣的事告訴我家主公。
這個我知道，子敬放心吧！

主公，不能和曹操打啊！
主公，你說句話啊！
主公啊！那曹操兵馬太多，我們打不過啊！
東吳柴桑的大殿上，大臣們正在討論曹操送來的檄文。

而且他打着皇上的旗號！
你們這羣貪生怕死的書生！
黃蓋

主公不可投降！
主公！
子敬，你回來了！

他們要是投降了，還可謀個官。主公要是投降了，不僅沒有現在的地位，恐怕性命也有危險。
對啊！只有你一個人明白我啊！

這次我請來了諸葛瑾的弟弟諸葛亮，主公可以好好問問他，探探曹操的虛實。
真是太好了！

第二天。
這位就是卧龍先生。

孔明見過各位大人。
哼！
聽説先生隱居的時候自比古時的管仲和樂毅？

哈！哈！我不過是打個小小的比方。
哼！真是狂妄至極！

先生出山是想幫劉皇叔奪得荊襄九郡吧？可怎麼叫曹操奪去了啊？
哈！哈！哈！哈！哈！哈！

張昭是東吳第一重臣，不把他駁倒，就別想說服孫權。
劉皇叔做事正派，怎能奪別人的基業？劉琮暗自投降曹操，曹操這才鑽了空子。

那現在劉皇叔東奔西逃，全是先生的功勞了。
勝敗乃兵家常事，當年韓信跟着漢高祖吃過多少敗仗啊？

可是，垓下一戰徹底打敗了項羽，這能說韓信不會用兵嗎？
韓

曹操百萬雄兵千員戰將，還要併吞江夏，先生怎麼辦？
那只是烏合之眾，不可怕，幾百萬都沒用的。

哼！剛打了敗仗，還在這裏説大話。
哈！哈！哈！哈！哈！哈！

劉皇叔只有幾千人馬，還跟曹操戰了幾場。
可江東幾萬雄兵，又有長江天險做屏障，一幫大臣卻慫恿主公投降！

諸葛村夫！

先生是想學蘇秦、張儀來東吳搬弄是非吧！

你們把蘇秦、張儀看得太渺小了，我來告訴你們！

蘇秦做過六國的宰相。張儀兩次執掌秦國的相印。他們都是豪傑。你們一聽曹操的大話就嚇得要投降，還好意思笑話他們？

這……
哼！

那你認為曹操是什麼樣的人？
這等篡奪漢室的大奸臣，還有什麼可問的？

你這就不對了。曹公已得三分之二的天下，這不是人心所歸嗎？

砰！

你怎麼說出這麼無恥的話來！

曹操這樣的逆賊，你還說他人心所歸，跟你沒什麼話好說！

曹操是相國曹參的後代，劉皇叔就說他是中山靖王的後代。
誰知道是真是假，明明只是個賣草鞋織席子的罷了。

哈哈！哈！哈哈！哈！哈哈！哈！

我主堂堂皇叔，是當今皇帝查過宗譜賜的，怎麼不知真假？

要說出身，高祖皇帝還只是亭長出身，賣草鞋又有什麼難為情？
劉
你這種小孩子的見識，實在要不得！

你……你這是咬文嚼字，強詞奪理！我問你，你研究的是哪家經典？

咬文嚼字，那是老學究幹的事，沒有什麼大用處。
古來伊尹、姜子牙這樣的大人物，他們研究過哪家經典？

這……

真是太能説了。
不愧有卧龍的稱號啊！

哼！
胡鬧！

曹操大軍已經逼近，不想辦法對付敵人，還在這裏鬥嘴！
原來是黃蓋將軍！

先生是當世奇才，為什麼不對我們主公説？和他們爭辯什麼？

他們一連串地問我，我怎麼好不回答呢？
真是耽誤大事！

魯肅一直沒開口，見黃蓋說得有理，就帶諸葛亮去見孫權。

這次舌戰，把東吳羣儒說得無言以對。

先生，我跟你說的話，你別忘了。
哈哈，知道了！

終於來了……

嗯，這孫權看上去氣概非凡。這種人只能用反話激他，正面説服是沒有用的……

孔明見過大將軍。

先生，隨我入殿內坐坐吧！

你在新野幫劉皇叔對付曹操，應該知道曹操的底細吧？
曹軍馬步水軍，共有一百多萬。

其實細算起來，有一百五十萬。
哈！哈！怕是騙人的吧！

啊！他怎麼敢這麼説呢！

哈！哈！哈！

曹操平了荊楚，還有什麼企圖嗎？

曹軍大造戰船，沿江而下，不正想着江東的地方嗎？
依先生之見，那我怎麼對付他？

將軍不妨掂量下自己的實力，要是能與曹操抗衡呢，那就早早和曹操斷絕關係。
要是不行，還是照謀士們的意思，早點兒投降吧！

將軍現在猶猶豫豫的，不快點兒做個決策，大禍就會臨頭了。

照你的說法，劉皇叔怎麼還不投降曹操？

我主是當世英雄，人人佩服。即使時運不濟，也斷不會投降。

你說我不如劉備？

哼！氣死
我了！

嘿嘿！
哼！

唉……
你怎麼這樣説
話？太看不起
我家主公了。
哈哈哈！

我自有破曹的
好主意。只是
孫將軍氣量這
樣小，他不
問，我怎麼
説？
哦，你等一等，我這
就去請主公來……

哈哈！
好的。
砰

太可惡了！

諸葛村夫！敢瞧不起我！

主公息怒。
哼！

子敬啊！
這諸葛孔明太欺負人了！
主公啊，我也埋怨過他啊！你猜他怎麼說？

他反笑主公氣量太小。他說曹操很容易對付，你為何不問問他。

原來他是故意激我。

剛才多有得罪，先生你別見怪。

我也多有不是的地方，請將軍原諒！

孫權請諸葛亮到後堂，擺酒設宴。

只要劉皇叔在，我就不會向曹操投降。
我可以和劉皇叔聯合！不過，你們才吃了敗仗，還能再戰嗎？

我主雖吃了敗仗，但手中還有精兵猛將。

曹操遠道而來，
將士們都很勞累，
戰鬥力已經大降！

曹軍又不懂水戰，加上荊州的百姓恨透了他們，只要將軍和我主同心協力，就一定能打敗曹操。

曹操敗退北方，東吳雄踞江東，鼎足三分的局面就形成了！

成敗在此一戰，請將軍定奪吧！

好！我的主意已定，明天就商議起兵，一起對付曹操！
不過，張昭他們是老臣，影響很大，他們一定會來勸阻……

這……
怎麼辦呢？
三人陷入了短暫的沉默中。

魯肅，你叫周瑜回來，聽聽他的意見。
遵命！
周
魯肅連夜趕到軍營見到了周瑜，把孫權擔心的事情告訴他。

你放心，我馬上趕過去！
周瑜

真是煩
人……

那是以卵
擊石啊！
不能打
啊！

這時，周瑜回來了。
江東自開國
以來，已傳
了三代，怎
麼能一下子
拋給別人？

我願為主公效力，
萬死不辭！
公瑾說到我的
心裏了。
可就怕主
公猶豫不
定。

砰

我已決定和曹操決戰。有誰再阻攔，猶如此桌案！

如有不聽令者，先斬後奏！
劉
孫
至此，諸葛亮成功促成了孫劉聯盟。

4
火攻燒赤壁

孫劉聯合後，曹操不善水戰，吃了敗仗。

曹操退守赤壁，與眾人商議對策。

蔣幹
我願前往江東，打探對方的情況。
好，就全靠你了！

江東。
報！蔣幹求見！
周瑜
哈哈！這人一來，我的計劃就成功啦！

公瑾啊，上次我不辭而別，真是抱歉啊！

你偷走了我的絕密信，壞了我的計劃！今天，你又來做什麼？

公瑾息怒息怒，你聽我解釋……
我不能把你留在營中。但念在老同學的交情上，你暫時到西山休息幾天，等我打敗曹操再送你回去！

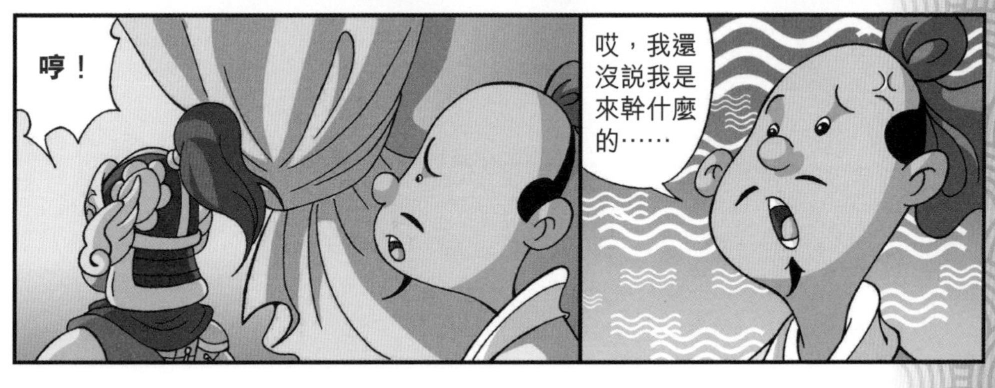
哼！
哎，我還沒說我是來幹什麼的……

蔣幹來到西山一座小庵內。
唉，睡不着啊，到外面走走吧！

凡兵有四機：一曰氣機，二曰地機，三曰事機，四曰力機……
這麼晚了還在讀兵書，一定是位奇人！

請問先生是？
龐統
在下龐統。

原來你是鳳雛先生，久仰大名啊！
唉！可惜被困在這裏……
以先生的才智，到哪裏不是青雲得意？如果你願意到曹丞相那邊，我可以引薦！
好啊！那我們趕緊走吧，免得被周瑜發覺！

曹操聽說鳳雛先生來了，親自出帳迎接。

丞相用兵如神，名不虛傳啊！

曹操大喜，設宴款待。
不知道丞相軍中可有好的醫生？

哦？不知道先生是什麼意思？
因為水軍容易得病，得請好點兒的醫生醫治。

我軍正有很多士兵水土不服得病了，這人真厲害！
那不知道先生有什麼辦法呢？

北方人不習慣坐船。我倒有個辦法，把大小戰船用鐵鏈連起來。這樣，走在上面就像走在平地上一樣。

太好了！先生妙計啊！

曹
於是曹操立刻下令，將戰船鎖在一起。
曹

丞相，我還有一個建議：江東有不少將領怨恨周瑜，我願意去游説他們投降丞相。

先生如果真的游説成功，我會奏請天子，大大封賞你！
龐統辭別了曹操，正要乘船離開，突然冒出一人。
你們想一把火燒掉曹操大軍，我還不知道嗎？

龐統嚇得一身冷汗，扭頭一看，是老友徐庶。
怎麼，你想破壞我的計策嗎？
曹操逼死我的母親，劉皇叔卻待我如兄弟，我當然不會那麼做了！

告辭了！
等你們的好消息！
徐庶送走了龐統。

曹操親自乘一隻大船巡視水軍。
曹
視察完畢，曹操擺下酒席。

自我起兵以來為國家掃除禍害，如今就剩下江南沒有收復，有你們助我，還怕不成功嗎？
曹

願丞相早奏凱歌！
哈哈！來，喝酒！

曹
第二天。
多虧了龐統的妙計，這次一定能大獲全勝！

可是，戰船連在一起固然平穩了，但如果敵人使用火攻⋯⋯

你們不懂啦！凡使用火攻都必須借助風力。眼下正是大冬天，只有西北風，沒有東南風！

火攻只會燒到他們自己的人馬！
丞相見識高遠，我們實在不如啊！

東吳全軍都準備好了，只等開戰。

孫
周

呼
啊！
都督！

周瑜一病不起，什麼醫生都治不好。
到底得了什麼病……

都督突然病倒了，唉，都不知道什麼原因……
哦？都督的病，我能治好。

真的？快跟我去見都督！

幾天不見，想不到都督病倒了。

唉，人有旦夕禍福，誰也預料不到的。
是啊，天有不測風雲，又有誰能料到呢？

周瑜暗暗吃驚，知道諸葛亮已經猜到他的心思，故作呻吟。
咳咳，胸口好難受啊！哎喲……

都督是不是心裏覺得懋悶？服藥了沒？

唉，用過藥了，可都沒用啊！
那就先通通氣，氣通了，病就好了。

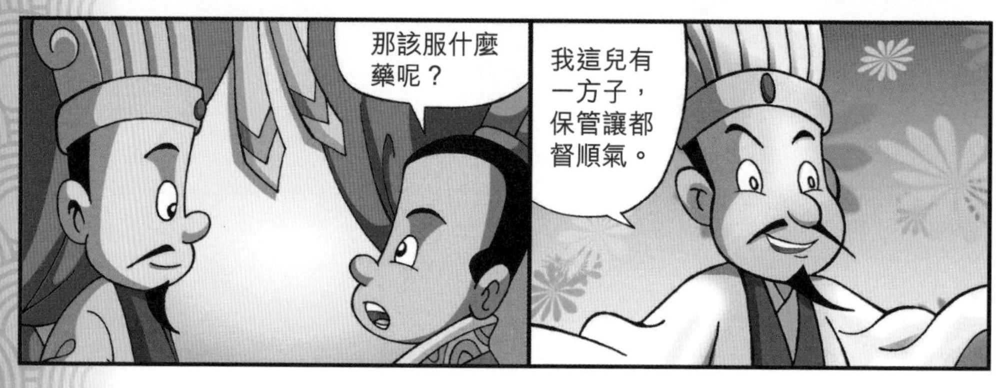
那該服什麼藥呢？
我這兒有一方子，保管讓都督順氣。

諸葛亮說着，討來紙筆，寫了幾個字。

這就是都督的病根了。

欲破曹兵
宜用火攻
萬事俱備
只欠東風

孔明真厲害啊，早就料到我的心事了……
先生既然知道我的病根，不知是否有藥？

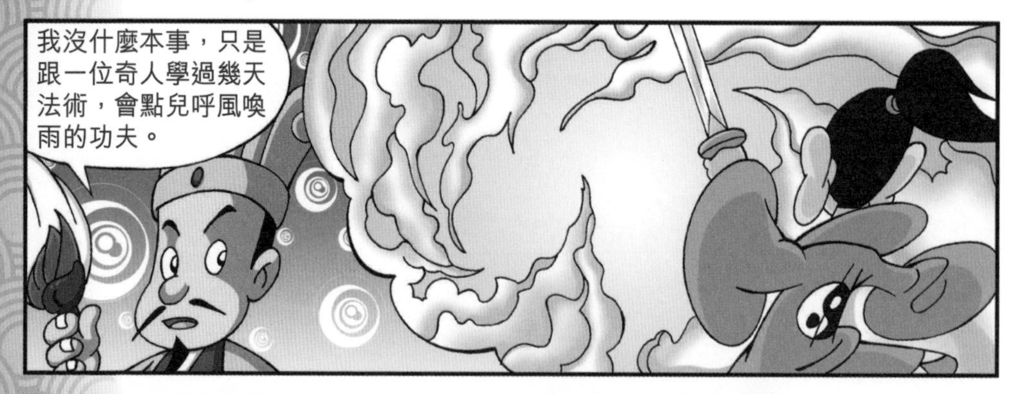
我沒什麼本事，只是跟一位奇人學過幾天法術，會點兒呼風喚雨的功夫。

都督若想要東南風，就請建一座七星壇，我登壇作法，借你三天三夜的東南風，怎麼樣？

不用三天三夜，只要一夜東南風就可以！

好！看我的吧！
哈！哈！哈！哈！

諸葛亮在七星壇開始作法。

諸葛亮三天都在作法借東風。
天地有靈，借我東風……

第三天晚上，周瑜的人馬、船隻都部署完畢。

這怎麼回事？一點兒風都沒有啊……
諸葛亮該不是說大話吧？
我覺得他不會信口胡說的。

呼
呼
呼
孫
半夜，忽然風聲大作。

太好了！
太好了！
這個諸葛亮實在太可怕了，絕不能留他在世上！

周瑜急忙下令，派人去殺諸葛亮。

誰知諸葛亮早已料到，已坐船走了。
人呢？

周瑜的人馬趕緊乘船追。
看！諸葛亮在那兒！

先生請留步，都督有要緊話說！
回去吧！告訴你們都督，好好用兵！

我早料到都督容不下我，讓子龍來接應，你就別追啦！

孫
他們只好回去通報周瑜。

大都督，諸葛亮溜走了……

唉，不怪你們。以後這個諸葛亮會比曹操更可怕啊！

不說了。現在重要的是先打敗曹操！

將士們，今晚我們要全力以赴，火燒赤壁，消滅曹賊！

老將軍準備好火船過江假降，頭陣就看您的啦！

好！出發！
都督放心，船隻、燃料都備好啦！

黃蓋登上裝滿浸油乾草的小船出發了。

曹營中，曹操正等黃蓋帶着糧草來投降。
咦？大冬天的怎麼颳起東風了？
曹
忽然颳起了東風。

丞相！有小船向我們駛來！

會是誰呢？

哈哈！是黃蓋投降來了！太好了！

可是黃蓋的船離曹操的水寨已不到兩里的距離。

黃蓋下令，所有的船都點上了火。

轟！
轟
轟
吳軍將點燃的箭和乾草一起向曹軍的戰船投去。

不好了，着火了！
啪
噼
啪
噼
快救火啊！

吳
吳

兄弟們！放箭！
嗖
嗖
嗖

曹軍的戰船被鐵鏈鎖着，大火隨着風勢迅速蔓延，連着的船全燒了。
噼噼啪啪

呼
天啊！我的八十萬大軍啊！
呼

丞相快逃吧！吳軍已經殺過來了。

眾人保護曹操上了一隻小船，準備逃上岸。

為什麼會這樣啊！

曹操的船隊已變成了一片火海。

吳軍趁勢殺進
了岸上的曹營。

救命啊！
救命啊！

轟！
這下全完
了……

噼里
啪啦

不要放走了曹操！
孫

大家上啊！拼死也要保護丞相！

鐺

曹操的人馬終於殺出了一條血路。

曹操帶着二十幾個人最終逃離了危險。

啊！這場
仗敗得好
慘啊！

赤壁一戰，曹操大敗，
東吳水師大獲全勝。
孫

5
孔明擒孟獲

赤壁大戰後，劉備在諸葛亮的幫助下奪取西川，建立了蜀漢。
劉

劉備、關羽、張飛相繼離世，諸葛亮協助劉備的兒子阿斗治理蜀國。

魏、蜀、吳三國相安無事，蜀國一片生機。

不過，在蜀國南部，蠻王孟獲總是帶兵侵犯邊境。
孟獲
蜀
孟

這年，孟獲攻陷了蜀國三座城池。
孟
孟
孟

諸葛亮親自帶五十萬大軍前去討伐。

孟獲接到戰報，派三洞元帥迎戰。
嚓

還不乖乖束手就擒！
我放你們回去，希望你們不要再幫孟獲侵犯蜀國的邊境。
謝謝丞相！

孟

你們兩個笨蛋，看我去打諸葛亮！

蜀
殺

哈哈！都說諸葛亮會用兵，不過如此啊！
砰

蜀
殺
殺
殺

哼！
你們都是平常百姓，我這就放了你們，快回家和家人團聚吧！

謝謝丞相！
你現在被我抓了，服不服？
我只是中了埋伏，不服！

好，我放你回去，我們再打。

丞相，抓住他大勢已定，為什麼還放他回去？
平定南方，必須使他心悅誠服。只捉住孟獲，人心不服，還是不行的。

孟獲回到山洞裏，琢磨怎麼對付諸葛亮。

孟獲總是打仗，不顧百姓的感受。
我們乾脆把他抓起來獻給諸葛亮，免得受戰亂之苦！

呼呼

孟獲！我們要把你獻給諸葛亮！

蜀
丞相，我們抓到了孟獲，特來獻給你。

這次你肯降服嗎？
哼！

我是被自己人抓住的，才不服呢！
那好，我放你回去再戰！

諸葛亮用酒飯款待孟獲，還帶他參觀軍營。

這個諸葛亮……想在我面前裝模作樣，沒想到被我看清了他的虛實……哈哈！

弟弟你過來……
孟優

孟優領着一百個士兵，帶着金銀珠寶來到蜀營。
我是來感謝丞相不殺我哥哥的。

子龍，擺酒設宴，招待孟優將軍。
嘿嘿，還想給我用計呀！

兩小時後。
來來，
請喝酒。

瞧，他們都
喝醉了！

快回去見
大王吧！
兩個士兵回去把蜀營
的布置說得一清二楚。

哈哈！
諸葛亮，
你這次
完了！

孟獲率軍殺入了蜀軍大營。
怎麼沒人？

弟弟！這是怎麼回事？
不好，中計了！

把孟優帶走，快撤！
哪裏走！
不要放走孟獲！

哎呀！殺不出去……
鐺
唉！

你這點兒詐降計，我還看不出來嗎？我已經第三次抓到你了，你服不服？
這是我弟弟貪杯誤事，當然不服！

諸葛亮又放了孟獲。
同時率軍向南部推進。

不久，孟獲帶了幾十萬蠻兵，在諸葛亮的大營外挑戰。
蜀

不要應戰，撤軍！
哈哈！給我追！

孟獲全力追趕，突然背後殺出一支軍隊。
蜀

不好，又中計了！
你……

孟獲！這下你服了吧？
哼！諸葛亮，你拿命來！

轟
孟獲連人帶馬掉進了陷馬坑。
唉，又被抓住了。

孟獲啊，你又被打敗了。還是不服嗎？

丞相只會用詭計，我就是不服！

好！那我放你回去再戰。

銀坑洞
報！銀冶洞洞主楊峯來訪。

快請進！
楊洞主是來幫助我的吧？

給我綁起來！
啊！

我和你無冤無仇，為什麼捉我？
你總是無端發起戰爭，我把你獻給丞相，免了南方百姓的災難！

蜀
孟獲啊，看來你還是不服啊？

當然，這是我們內部矛盾，不是你的功勞！
好，我放你回去再戰！

孟獲回去後重新召集兵馬。
夫君不要怕，我聽説西南邊有個木鹿大王，可以讓虎豹豺狼作戰，不如請他試試。

木鹿大王應邀前來助戰。
轟

第二天，木鹿大王率軍向諸葛亮挑戰。
讓你們見識下我的厲害！
吼
吼

打了一輩子仗，從沒遇到這種情況！
這是什麼？

阿萊喜馬拉咔咔！
鐺
鐺
鐺

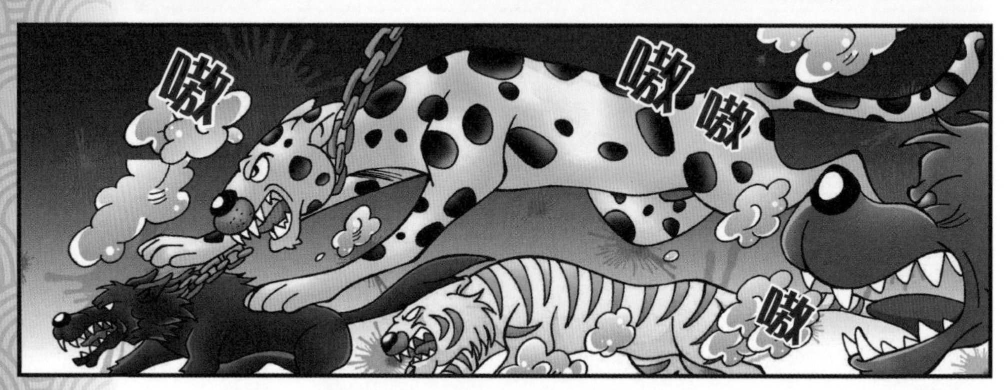
嗷
嗷
嗷
嗷

野獸來了！快跑吧！
這……
蜀

丞相，對不起，
這仗……

這不是你們的錯。早就聽說南蠻有驅使虎豹的本領，我已經想到了破解辦法。

第二天，再次交戰。

那就是諸葛亮！抓住這個人，就大功告成！

鐺
鐺
阿萊喜馬拉咔咔！阿萊喜馬拉咔咔！

嗷
嗷
嗷

軍士們！推出準備好的假獸！

轟
噼
啪
呼
呼
呼

給我抓住木鹿大王！
木鹿大王中箭身亡。

第二天，諸葛亮正準備分兵緝拿孟獲。
孟獲的妻弟押着孟獲來投降了！
嘿嘿，這個孟獲啊！盡耍小聰明。

給我把孟獲一行拿下！
為什麼抓我？我是來投降的！

丞相！他們身上都帶着匕首！
你們想暗殺我，這點兒詭計我還看不出來？這次你服嗎？

哼，這是我自己送上門的，不服！
好，放了你，我們再戰！

回去後，孟獲投奔了烏戈國的兀突骨大王。

烏戈國有三萬不怕刀槍的藤甲兵。

蜀軍追到桃花渡口。
兀突骨大王帶領藤甲兵出戰。

嗖
嗖
蜀軍的箭射不穿他們的盔甲，刀槍也砍不動。

諸葛亮在帳內沉思。
魏延，明日你再去跟藤甲軍挑戰，只許敗，不許勝。
魏延

第二天。
蜀
兀突骨，敢和我打嗎？

鐺！

呀！這蠻牛好大的力氣啊！
你個大傻瓜，敢來追我嗎？

呀！可惡的傢伙！
把他給我碎屍萬段！

哈哈！我看你塊頭大，打仗可不怎麼樣！

魏延鑽進了一個山谷。
點火！

轟
原來藤甲軍的藤甲都是油浸過的，沾火就着。
噼
噼
啪
啪

不好，
快退！
快退！

啊！另一個出口已經被石頭堵住了！

這下完了……

兀突骨，要是不想喪身火海，就趕緊投降！
唉！

孟獲還在等待兀突骨的消息。

大王！諸葛亮被兀突骨大王包圍了！
哈哈！諸葛亮，你也有今天！

給我活捉諸葛亮！

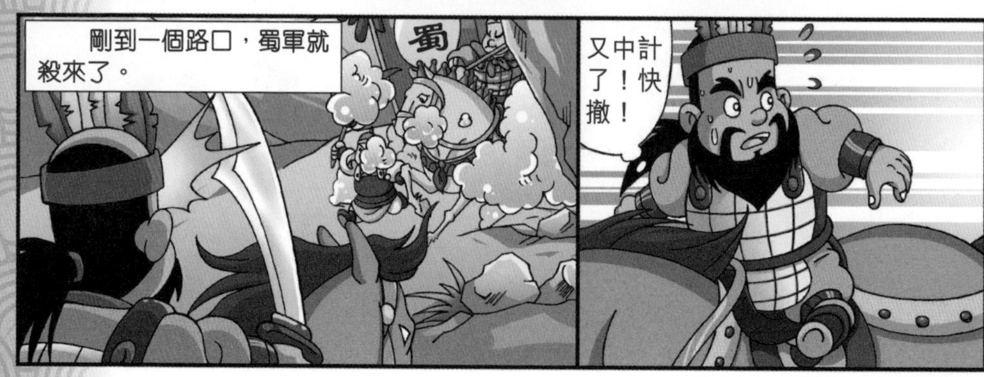
剛到一個路口，蜀軍就殺來了。
蜀
又中計了！快撤！

孟獲哪
裏走！

唉，又
要被抓
了……

還想逃！
看刀！
呼
鏘

給我下
馬！
砰！

蜀
孟獲，你的家人都在外面，去和他們團聚吧！

丞相你又……又要放我？
唉，罷了，你快去吧！

七擒七縱，是自古以來都沒有的事啊……
丞相他這樣對我，我還有臉和他作對嗎？

孟獲帶着全家人向諸葛亮請罪。
孟獲對丞相心服口服啊！

大王請起！
以後還是由你來做部落首領。要愛惜百姓，叫他們過上好日子。

休息了幾天，諸葛亮帶兵離去了。

從那以後，在蜀漢的年代，南方再也沒有發生過戰爭。
蜀

6 巧施空城計

諸葛亮平定南方後，開始北伐曹魏。
蜀
諸葛

蜀軍一路過關斬將，節節勝利。
蜀
天水關

長安
怎麼辦啊！蜀軍太強了。

曹叡
快請老將司馬懿，讓他來對付諸葛亮！

司馬懿被封為平西都督出兵長安。

司馬懿
哈哈！我司馬懿大展身手的時候到了！
蜀

丞相，司馬懿帶兵來救長安了！

司馬懿？
他是當世的奇才，是個讓人頭疼的對手！

不妙！

什麼事叫丞相
煩憂？
馬謖

街亭是我
軍咽喉，
司馬懿出
兵一定會
取街亭！
丞相，我
願去守街
亭。

街亭雖小，關
係重大。萬一
失手，我軍就
前功盡棄了。
我願意立軍令狀！
守不住街亭，甘受
軍法！

馬謖立下軍令狀。

那好吧！給你兩萬五千精兵，一定要小心謹慎！

王平
再讓王平做你的副將，助你一臂之力！

王平，我知道你一向謹慎，要把營寨紮到要道上，千萬不可輕率啊！
丞相請放心！

街亭
哈哈！
哈哈！

這麼小的地方，
很容易守。丞相
真是多慮了！

我們到那
個小山上
紮營。
馬謖將軍，
丞相說要在
咽喉要道紮
營的。
將在外君命有所不
受。我深通兵法，
你懂什麼！

馬謖執意上山紮營，只給王平五千兵力把守要道。

魏
大都督，蜀軍在街亭的一個小山坡上紮營了！
魏

哈哈！諸葛亮那麼會用兵，怎麼用了這麼個笨蛋啊？

出發！給我拿下街亭！

司馬懿率軍將馬謖駐軍的山頭團團圍住。

殺呀！
啊！魏軍殺上來了！

我們衝下山去！

嗖
嗖
蜀

呼
呼
呼

王平連忙帶兵救援，不料半路被攔，只好退兵。

完了，
街亭失守
了……

魏軍佔領了街亭。
街

馬謖在魏延的接應下，好不容易才脫了身。

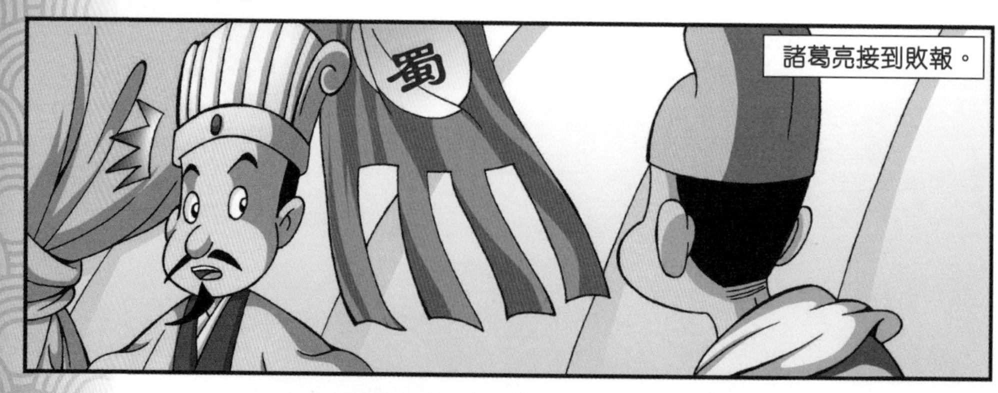
蜀
諸葛亮接到敗報。

唉，這是我用人不當造成的啊！
諸葛亮將馬謖關押起來。

街亭失守，局勢對我們很不利。

傳令下去，全軍撤退！

大軍在諸葛亮的安排下井然有序地撤退。

諸葛亮身邊只剩下一些文官和五千人馬。

我們在西城屯的糧草不能再被魏軍奪去了。

大家和我一起把糧草運回去！

諸葛亮把糧草屯在了西城，先去截下它！
魏國十五萬大軍殺向西城。

城西
大家快點兒裝糧草！

丞相，不好了！

什麼事這麼慌張？
司馬懿帶領大軍殺過來了，離城不到十五里！

司馬懿果然厲害啊！
丞相，我們都是文官，怎麼辦啊？

趕緊召回一些能打的人吧！
唉，我們還是趕緊逃回漢中吧！

哈哈！
不必驚慌，我早已布下了十萬雄兵。

真的嗎？
在哪兒呢？

收下城上旗號，各自躲藏。不許高聲說話，不許亂走動，否則軍法論處！

城西

好！接下來把城門打開！

你們打扮成百姓，到城門掃地。

魏軍來了，怎麼辦啊？
什麼？掃地？

城門開着，魏軍殺進來怎麼辦？
那不死定了！
大家不必害怕，我自有雄兵抵禦。

是啊，我們丞相神機妙算嘛。
原來丞相早就安排好了，這就放心了。

諸葛亮獨自帶兩個小童抱琴登上城樓。

西城

司馬昭

城門怎麼開着？搞什麼？

這到底是什麼
意思啊？

大軍先不要動，
觀察觀察再說。
叮
叮
司馬懿皺着眉頭仔細聽。

叮
叮
叮

嗯，諸葛
亮的琴聲
很平穩，
絲毫沒有
亂象。
叮
叮

好狡猾的諸葛亮！

火速往北山路退兵！

父親，也許城內空虛，他只是裝腔作勢。我們殺進去吧！

諸葛亮一生做事謹慎，不會冒這個險的。

他的琴聲絲毫不亂，一定是在城裏有埋伏。

快快退軍！

唉，好吧！
魏

嗒
嗒
嗒
哈哈！司馬懿果然退兵了。

司馬懿帶了十五萬大軍，怎麼見了丞相，反而跑了？

他料我一生謹慎，不可能冒險，懷疑我在城中有伏兵。
我也是不得已啊！軍隊分散在外，無法調回。

棄城而逃，又來不及，才想出這條空城計。
丞相真是厲害啊！
真是妙計！

現在大家抓緊時間，趕緊撤退。

嗒
嗒嗒

嘿嘿！這次諸葛亮是白費心機了。
殺啊！殺！

轟！

張
你們中埋伏了！
關
還不束手就擒！

果然中了埋伏！
快退回街亭去！

原來諸葛亮早就派兵在這條路上埋伏好了。

張苞
哈哈！魏軍走得好狼狽，留下了這麼多的東西！

就當是送給我們的禮物吧！
關興

魏
幸好回來得
及時啊！

來人，給我去
打探打探！

報！西
城的蜀
軍已經
走了。
啊！這
麼快？
再探！

西城並無蜀軍，
原來……原來是
座空城！

什麼？再去給我打探打探，北山裏的追兵是怎麼回事！

報！北山的蜀軍也只有五六千！他們只是裝腔作勢，並沒有殺出來……

啊！
諸葛亮啊！你怎麼這麼捉摸不透啊！

司馬懿只得撤兵，護送曹主回洛陽。

諸葛亮回到漢中。
馬謖、王平等人在帳外請罪。

你白讀了一肚子兵書！我三番五次地叮囑你，為什麼不聽王平的勸告？

丞相待我如兄弟，如今我犯了死罪，沒什麼可說的。
只望丞相能把我的兒子教育成人，我死而無憾了！

你我情同兄弟，你的兒子就是我的兒子，不必多囑咐了。
馬謖按照軍法處置。

此次北伐失敗，諸葛亮自貶三級。

隨後留在漢中，專心訓練軍隊。

他等待時機，再度北伐。

不過，此次諸葛亮擊退司馬懿大軍，空城計已成為千古妙談。
蜀

漫畫三國（下）

原　　著：羅貫中
編　　繪：趙鵬工作室
責任編輯：陳友娣
美術設計：陳雅琳
出　　版：新雅文化事業有限公司
香港英皇道499號北角工業大廈18樓
電話：（852）2138 7998
傳真：（852）2597 4003
網址：http://www.sunya.com.hk
電郵：marketing@sunya.com.hk
發　　行：香港聯合書刊物流有限公司
香港荃灣德士古道220-248號荃灣工業中心16樓
電話：（852）2150 2100
傳真：（852）2407 3062
電郵：info@suplogistics.com.hk
印　　刷：中華商務彩色印刷有限公司
香港新界大埔汀麗路36號
版　　次：二〇二〇年四月初版
二〇二二年一月第二次印刷

ISBN: 978-962-08-7458-1

18/F, North Point Industrial Building, 499 King's Road, Hong Kong
Published in Hong Kong, China
Printed in China